Über die Autorin:

Christina de Groot wurde in Hamburg geboren. Nach einem mehrjährigen Aufenthalt in Italien beschloss sie, fortan als Schriftstellerin zu leben.
Ihre Geschichten sind stets mit großer Phantasie und einer besonderen Liebe zum Wort geschrieben. Es sind Geschichten, die aus dem tiefsten Herzen kommen und zutiefst im Herzen berühren.

Christina de Groot ist Autorin der Bestseller „Der sehr hohe Zaun", „Die Zaubertinte" sowie „Die Pilzbibliothek". Außerdem sind von ihr u.A. erschienen: „Die kleine Pfütze", „Die kleine Spinne, die noch übte", „Die kleine Prinzessin und das Rotkehlchen", „Die kleine Ameise und der Teppich", „Detektiv Schnüffel & Co.", „Jimmie Bohne" sowie die „Willi Hummel"-Geschichten und die „Willi, die Europahummel"-Reihe.

Christina de Groot

DJ Willi Hummel

Bibliografische Information der Deutschen Nationalbibliothek

Die Deutsche Nationalbibliothek verzeichnet diese Publikation
in der Deutschen Nationalbibliothek; detaillierte bibliografische
Daten sind in Internet über http://dnb.d-nb.de abrufbar.

Herstellung und Verlag:
BoD - Books on Demand GmbH, Norderstedt
ISBN: 9783756218332

Christina de Groot

DJ Willi Hummel

Als Willi eines Morgens durch die Großen Gärten flog, kam er an einem Fenster vorbei, das leicht geöffnet war. Als er näher flog, sah er einen Raum, dessen Wände voller bunter Plakate waren, auf denen lauter fröhliche Menschen zu sehen waren. In der Mitte des Raumes stand eine junge Frau. Sie hatte Kopfhörer um den Hals hängen und tanzte auf der Stelle. Vor ihr stand ein Tisch. Auf dem Tisch stand eine Art Kasten, auf dem eine große schwarze Scheibe lag. Die junge Frau bewegte die schwarze Scheibe mit einer ihrer Hände hin und her und schien viel Spaß dabei zu haben!

Willi hörte Musik, die er so noch nie gehört hatte: „Krrrte, krrrte, krtsch, krtsch! Krrrte, Krrrte, uiii-e, uiii-e, nie-di, krrrte, krrrte, krrrtsch! E-nie-di-nie-nie krrrt!" und so weiter.

„Was ist DAS denn für Musik?" dachte er. „Und was macht die junge Frau da?" Er wippte mit den Füßen. Ihm gefiel, was er hörte.

Willi kannte Musik. Die Menschen hörten oft Musik. Manchmal klang sie weich und sanft und schien wie eine kleine weiße Wolke durch die Luft zu schweben. Ein anderes Mal klang sie laut und dröhnend, so, als würden große Tiere durch die Großen Gärten stampfen. Dann wieder klang die Musik schwingend, wie die Flügel eines Vogels an einem warmen Sommerabend, wenn es aussah, als tanzten die Vögel in der Luft. Musik war etwas Wunderbares! Schon als ganz kleine Hummel hatte er Musik geliebt! Musik war ein einziger großer Zauber! Und das hier war wieder etwas ganz Anderes!

„DAS will ich auch!" flüsterte er und schaute wie gebannt durch das Fenster.

Die junge Frau schien richtig viel Spaß zu haben! Die Menschen waren aber auch spannend! Immer wieder ließen sie sich etwas Neues einfallen!

Er schaute genauer hin: Die große schwarze Scheibe schien sich wie von alleine zu drehen. Ab und zu hielt die junge Frau sie fest, um sie gleich darauf in die entgegengesetzte Drehrichtung zu ziehen. Dann machte es „Krrrte, Krrrte, uiii-e, uiii-e, nie-di, krrrte, krrrte, krrrtsch! E-nie-di-nie-nie krrrt!", und die junge Frau wippte mit dem Kopf dazu.

„Coool!" flüsterte Willi.

Er versuchte, das Geräusch nachzumachen: „Krt, krt, ratsch, ui! Puh, das ist gar nicht so einfach!" dachte er. Aber wenn es kein Gesang war - wo kam die Musik dann her? Aus der schwarzen Scheibe? Es konnte gut sein, dass es damit zu tun hatte. Aber wie ging das? Willi starrte die schwarze Scheibe an. Was hatte es damit auf sich?

„DAS möchte ich unbedingt machen!" flüsterte er. „Un-be-dingt!"

Er überlegte.

„Hallo, Willi!" rief es hinter ihm.

Er drehte sich um. „O, hallo Nelli!" rief er erfreut.

Nelli war ein kleines Meisenmädchen. Sie war erst ein paar Wochen alt, aber flog schon, als hätte sie nie etwas Anderes gemacht. „Du bist bestimmt schon im Ei geflogen!" hatte Willi mal lachend zu ihr gesagt.

„Wie geht's?" Nelli kam fröhlich auf ihn zugeflogen. „Was machst Du hier?"

Willi zeigte auf das Fenster. „Guck mal da! DAS möchte ich auch machen!"

„O, sie scratcht!" rief Nelli. „Und sie macht das richtig gut! Cool!"

Willi sah sie mit großen Augen an. „Du weißt, was sie da macht?"

Nelli lachte. „Ich habe einen Bruder, Torben, der kennt sich mit sowas aus, überhaupt mit Musik, da ist er Spezialist. Er ist ein Spatz. Sein Nest ist direkt neben einem Tonstudio. Das ist ein Ort, wo

Menschen ganz viel Musik machen. Ich hab' ihn da schon oft besucht. Echt cool!"

Willi war sprachlos.

„Und Dir gefällt das richtig gut?" Nelli sah ihn schmunzelnd an. „Passt zu Dir!"

„Ich will das unbedingt auch machen!" flüsterte Willi. „Un-un-un-bedingt!"

„Gibst Du dann auch ein Konzert?"

„Konzert?"

„Das ist, wenn Jemand Musik macht und die Anderen kommen und hören zu. Du bist dann der Musiker und gibst das Konzert, und wir hören zu."

Willi musste plötzlich an Etwas denken. „Vielleicht habe ich schon mal ein Konzert gegeben..." sagte er halblaut. „Allerdings nicht absichtlich..."

Er erzählte Nelli von Greta, der wunderschönen, gelb leuchtenden Kappunzinerkresseblüte, und dass sie ihm geholfen hatte, seinen Traum vom Singen wahr werden zu lassen![1]

„Du hast gesungen?" Nelli war sichtlich beeindruckt. „DAS hätte ich auch gerne gehört!"

„Das war sooo schön!" flüsterte Willi. „Ich war sooo glücklich!"

---

[1] Siehe: „Willi Hummel und die Lautsprecherblume"

„Das glaube ich!" entgegnete Nelli. „Ich bin mir sicher, es hat wunderschön geklungen! Und jetzt möchtest Du also scratchen?"

„Ich möchte DAS machen, was die junge Frau da macht!" antwortete Willi. „Krt, krt, ratsch, ui....nee, das kann ich so nicht nachmachen!" rief er lachend. „Aber ich finde es sooo cool!"

„Das nennt man Scratchen!" sagte Nelli. „Dafür brauchst Du eine sogenannte Vinylscheibe. Das ist die schwarze Scheibe dort. Die Vinylscheibe wird auf einen Plattenspieler gelegt, und wenn man diesen anstellt, dann dreht sich die schwarze Scheibe und man kann Musik hören. Das Scratchen ist das, was die junge Frau zusätzlich mit der Scheibe macht."

„Wie coool!" flüsterte Willi. „Möchtest Du nicht auch manchmal ein Mensch sein, Nelli? Die machen so tolle Sachen und denken sich soviel aus, und es scheint keine Grenzen dafür zu geben!"

„Nie!" rief Nelli lachend. „Ich stimme Dir zu, was die Menschen betrifft. Aber Einer sein möchte ich nicht! Ich bin am liebsten ich!"

„Ich auch!" rief Willi lachend.

„Vinylscheiben..." sagte er halblaut. „Sowas finde ich hier in den Großen Gärten nicht, schon gar nicht in meiner Größe!" fügte er lachend hinzu. „Hast Du eine Ahnung, was ich stattdessen nehmen könnte?"

Nelli überlegte. „So spontan fällt mir nichts ein. Aber ich denk' mal drüber nach, und ich höre mich mal um!"

„Super! Danke, Nelli! Das wäre doch gelacht, wenn wir nichts finden würden!"

„Sehe ich genauso!" entgegnete Nelli grinsend. „Und für das Drehen, also das, was der Plattenspieler macht, finden wir auch eine Lösung! Du kannst schon mal anfangen, Songs zu schreiben! Dein Konzert ist nur eine Frage der Zeit!"

„Und des Materials!" entgegnete Willi. „Wer sagt übrigens, dass ich überhaupt ein Konzert geben will?"

„Moi!"[2] antwortete Nelli lachend. „Wenn ich Dich richtig verstanden habe, wäre es auch nicht Dein Erstes!"

Willi rollte mit den Augen.

„DJ[3] Willi!" rief Nelli.

„Di was?" rief Willi.

---

[2] frz.: „Ich!"

[3] sprich: di dschej, Abkürzung für das englische Wort „Disc Jockey"; Jemand, der bei Veranstaltungen für die Musik sorgt, z.B. mit Vinyl-Schallplatten, CDs oder mp4s.

„DJ! Das sind Diejenigen, die bei Veranstaltungen für die Musik sorgen." antwortete Nelli. „Sie spielen kein Instrument, sondern spielen mit dem Material, auf dem Musik gespeichert ist. Wie zum Beispiel Vinylscheiben!"

„Was Du alles weißt!" rief Willi.

„Von Torben, meinem Bruder!" antwortete Nelli. „Der weiß echt Alles, also über Musik und so!"

„Wo ist denn das Tonstudio, neben dem er wohnt? In den Großen Gärten nicht, soviel ich weiß!"

„Nee, aber ganz dicht bei. Torben ist übrigens viel unterwegs, oft auch in den Großen Gärten!"

„Dann reist er auch so gerne wie ich?"

„Auf jeden Fall ist er überall da, wo Musik gemacht wird." sagte Nelli. „Wenn ich ihn sehe, erzähle ich ihm von Dir. Ich will dann übrigens mal weiter. Wir sehen uns!" Und weg war sie.

„Was kann ich bloß anstatt der Vinylscheibe nehmen?" dachte Willi. Er beschloss, sich auf die Suche zu machen.

Vinylscheiben sind ziemlich hart, hatte Nelli gesagt. Sonst könne man nicht gut hin- und her scratchen. Weiches Material ginge nicht, da die Verbindung von dem sogenannten Plattenspieler zur Vinylscheibe über eine Nadel hergestellt wird.

Das war die Herausforderung: Etwas zu finden, das flach und gleichzeitig hart und rund war. Was in der Natur war so? Er überlegte. Es gab durchaus ziemlich flache und runde Blüten, aber die waren weich. Ein Stein vielleicht? Der war bestimmt zu hart. Ein Stück Baumrinde? Ein Stück von einer Nussschale? Ein Tannenzapfensamen? Was gab es, das auch nur ansatzweise wie eine Vinylscheibe war? Er hatte keine Ahnung!

Nachdem er eine Zeit lang erfolglos kreuz und quer durch die Großen Gärten geflogen war, ließ er sich ein wenig enttäuscht auf einer der Blüten der großen Sonnenblume nieder.

„Hallo!" sagte er zu ihr. Seine Stimme klang traurig.

„Hallo, Willi! Alles in Ordnung?"

„Geht so…" antwortete Willi. „Ich suche Etwas… etwas Bestimmtes…"

„Und Du kannst es nicht finden?"

Willi nickte.

„Kann ich Dir helfen?" Die Sonnenblume schaute ihn fragend an. „Dazu müsste ich allerdings wissen, um was es sich handelt."

Willi erzählte ihr, worum es ging.

„Oh, DAS ist natürlich sehr speziell!" rief die Sonnenblume. „Aber lass mich mal nachdenken…"

Ein leichter Wind kam auf. Willi fühlte, wie die Sonnenblume sanft hin- und her geschaukelt wurde.

„Ich glaube, ich habe eine Idee!" sagte die Sonnenblume.

„Echt???" Willi schaute sie mit großen Augen an.

„Du kennst doch Tonino, den kleinen Marienkäfer?!"

„Ja, den kenne ich." antwortete Willi. „Der ist richtig klein, noch viel kleiner als die anderen Marienkäfer!"

„Genau Der! Er ist zwar wirklich richtig klein, aber er hat die Fähigkeit, aus Allem, was er findet, Etwas zu machen! Etwas Tolles! Frag ihn doch mal, ob er eine Idee hat! Ich kenne niemanden, der so viel Phantasie hat, wie er! Er scheint eine unendliche Quelle an Ideen in sich zu haben! So viel zu „klein"!"

Willi war begeistert. „Weißt Du, wo ich ihn finde?"

„Er ist überall in den Großen Gärten unterwegs!" antwortete die Sonnenblume. „Aber ich weiß, dass er einen Lieblingsplatz hat!" Sie lachte. „Hier auf meiner Blüte!"

„Das sieht bestimmt sehr schön aus, wenn er auf Deiner Blüte sitzt!" sagte Willi. „Sein Rot und Dein Gelb und Braun und Grün! Ich sehe es richtig vor mir! Eure Farben müssen wunderschön zusammen aussehen, besonders im Sonnenlicht!"

Die Sonnenblume lächelte. „Schön, wie Du das sagst, Willi!" Sie schaute nach oben. „Die Sonne scheint ja schon mal! O - und da kommt Tonino!"

Willi sah einen winzig kleinen Punkt in der Luft, der auf sie zukam. Gleich darauf erkannte er das Marienkäferrot.

„Tonino hat einen sehr zielstrebigen Flugstil!" sagte die Sonnenblume lachend. „Daran erkennt man ihn schon von Weitem!"

Bei dem Tempo, mit dem Tonino angeflogen kam, hätte Willi sich nicht gewundert, wenn es ein „Plock" bei der Landung gegeben hätte. Doch Tonino landete ohne jedes Geräusch.

„Hallo zusammen!" rief er und strahlte Willi an. „Sonnenblumenbesuch! Wie schön!"

„Ich bin Willi!" stellte Willi sich vor.

„Und ich hab' ihm gerade eben von Dir erzählt!" fügte die die Sonnenblume hinzu.

„Taddá!" rief Tonino fröhlich. „Und schon bin ich da!"

„Ich möchte gerne Musik machen!" sagte Willi. „Scratchen!"

Überrascht sah Tonino ihn an. „Cool! Wie kommst Du gerade darauf?"

„Ich hab's bei den Menschen gesehen, durch ein Fenster, und ich hab' es gehört, weil das Fenster leicht offen war. Ich fand das sooo toll! Ich hab sofort gedacht: DAS will ich auch machen!"

„Klingt gut!" sagte Tonino. „Und wie kann ich Dir dabei helfen?"

„Mit der Vinylscheibe!" antwortete Willi.

„Ich hab' Willi erzählt, dass Du unendlich viele Ideen hast, Tonino", sagte die Sonnenblume, „und dass es nichts gibt, was Du nicht hinkriegst! Wenn Einer ihm helfen kann, dann Du!"

Tonino war gerührt. „Danke für das Kompliment! Witzig! Ich hab' heute schon mal über Scratchen gesprochen! Mit meiner Schwester, Nelli!"

„Nee, ne?" Willi glaubte, sich verhört zu haben. „Das gibt's ja nicht! Mit Nelli habe ich vorhin auch gesprochen, ziemlich lange sogar. Wenn es dieselbe Nelli ist! Sie hat mir von Dir erzählt…obwohl…Sie hat gesagt, dass Du Torben heißt!"

Tonino lachte. „Das ist mein Bruder! Der hat es voll drauf, wenn es um Musik geht! Ich nicht ganz so, aber ich weiß trotzdem viel, weil ich ihm oft zuhöre. Ich bin mehr der Bastler in der Familie!"

„Und genau deswegen habe ich Willi von Dir erzählt!" sagte die Sonnenblume.

„Was ganz Anderes…" sagte Willi. „Wieso bist Du mit Nelli und Torben verwandt?"

„Du meinst, weil Nelli eine Meise und Torben ein Spatz ist und ich ein Marienkäfer bin?" Tonino lachte.

„Äh, ja…" Willi schaute ihn fragend an.

„Ich lös' mal auf!" sagte Tonino. „Sowohl Torben als auch ich sind adoptiert. Nellis Eltern haben ein ganz großes Herz! Sie haben auch eigene Kinder, so mit Ei und so. Nelli zum Beispiel. Aber sie haben auch jede Menge Adoptivkinder, so wie Torben und mich." Er machte eine Pause. „Meine leiblichen Eltern sind tot…" sagte er.

Willi hatte den Eindruck, als hätte Tonino Tränen in den Augen.

„Zerquetscht…" sagte Tonino halblaut. „Alle meine Geschwister auch. Wir waren da noch sehr klein, noch viel kleiner als jetzt. Ich war der Einzige, der überlebt hat. Nellis Eltern haben das Alles mitbekommen und mich sofort gerettet. Seitdem sind sie meine Eltern!" Toninos Gesicht hellte sich auf. „Ich liebe sie ganz doll!"

„Das ist traurig und schön zugleich!" sagte Willi.

„Isses." Tonino atmete tief durch. „Eine Vinylscheibe, sagst Du… Für Dich!" Er dachte nach.

„Im Moment fällt mir so spontan nichts ein, aber ich lass es mal sacken. Da gibt es bestimmt eine Lösung! Ich komm' dann übrigens auch zu Deinem Konzert!"

Willi verdrehte erneut die Augen. „Wie kommt Ihr Alle darauf, dass ich ein Konzert geben will?"

„Willst Du nicht?" Tonino schien überrascht.

„Hatte ich zumindest nicht vor!" antwortete Willi.

„Warum willst Du dann scratchen?"

„Weil ich Lust drauf hab'!"

„Das ist allerdings ein guter Grund!" entgegnete Tonino lachend. „Aber ich würde es echt gerne hören!"

„Erstmal das richtige Equipment!" sagte Willi. Das Wort hatte Nelli verwendet und ihm erklärt, dass damit die Ausstattung gemeint war, das gesamte Material, das man benötigte. So, wie sie es gesagt hatte, hatte es sehr eindrucksvoll geklungen, und Willi hatte das Wort sofort gefallen! Deswegen verwendete er es jetzt auch. Ein bisschen grinsen musst er dabei allerdings doch.

„Equipment..." sagte Tonino sichtlich beeindruckt von Willis Kenntnis. „Da sagst Du was Wahres! Ohne das richtige Equipment geht gar nichts! Ich finde was!" Er strahlte Willi an. „Equipment... Du hast es voll drauf, Willi! Heute Nachmittag wieder hier?"

„Heute Nachmittag wieder hier!" Willi strahlte. Wie es aussah, war sein Traum vom Scratchen auf dem besten Weg, wahr zu werden!

„Dann 'schüß Ihr Beiden!" rief Tonino, und weg war er.

„Ich will dann auch mal." sagte Willi. „Wir sehen uns ja heute Nachmittag wieder. Danke für die Zeit hier!"

„Gern geschehen!" antwortete die Sonnenblume. „Bis nachher! Ich freu' mich schon!"

„Ich auch!" Willi flog davon.

Tonino flog geradewegs zu einem Platz, an den er sofort gedacht hatte, als Willi ihm von seinem Wunsch erzählt hatte: Es war ein kleines Wäldchen, nur unweit der Großen Gärten. Es war so klein, dass das Wort „Wäldchen" gerade noch so eben passte. Er hatte es Willi gegenüber nicht erwähnt, weil er sich nicht ganz sicher gewesen war, ob es den Platz noch gab und vor Allem seinen Bewohner.

Als er sich dem kleinen Wäldchen jetzt näherte, war er gespannt. Der alte Jonathan hatte hier einen Ort geschaffen, der seinesgleichen suchte! Von ihm hatte er so viel gelernt! Wenn Einer Etwas für Willi tun konnte, dann war er es.

Er selber war eine Weile nicht dort gewesen. Wieso eigentlich nicht? „Keine Ahnung!" dachte er. „Aber ich freue ich ganz doll auf Jonathan!" Wie es ihm wohl ging? Als Tortoakäfer war er ja mit den Schildkröten verwandt, die bekanntlich sehr alt werden konnten und eher selten mit richtig schlimmen Krankheiten zu tun hatten. Soviel er sich erinnerte, war Jonathan nie krank gewesen. Und Ideen hatte er! Ununterbrochen fielen ihm tolle Sachen ein!

Als er näher kam, erkannte er den kleinen Mooshügel, auf den Jonathan sich gerne legte, wenn er sich Sachen ausdachte. „Auf Empfang stellen" hatte er das immer genannt. Der Mooshügel wuchs auf einem Baumstumpf, und Tonino sah, dass Jonathan eben noch dort gelegen haben musste. „Er ist also noch da!" dachte er. „Schön!"

Er setzte zur Landung an.

Außer dem Baumstumpf mit dem kleinen Mooshügel oben drauf gab es hier noch ein paar oberirdische Wurzeln, die zu den benachbarten Birken gehörten. Efeu, Springkraut und Buschwindröschen wuchsen dazwischen und ließen diesen Ort wunderschön aussehen, besonders, wenn die Sonne schien!

Nirgendwo sonst blühte das Buschwindröschen so lange!

Tonino landete neben dem Baumstumpf, dort, wo ein einzelner Fliegenpilz stand. Direkt daneben befand sich der Eingang zu Jonathans Reich.

„Jonathan?" rief er.

Es raschelte. Jonathans Kopf erschien. Er trug einen silbernen Helm. „Ciao, Tonino!"[4] rief er. Er liebte die italienische Sprache und war stolz darauf, eine italienische Großmutter gehabt zu haben.

„Jonathan!" rief Tonino glücklich. „Heute wieder mit Helm?"

Jonathan kicherte. „Muss. Für einen guten Empfang ist er unerlässlich!"

Jonathans Helm war der Knaller, fand Tonino. Niemand sonst konnte so ein glänzendes Teil so wunderbar tragen wie er. Da Jonathan ziemlich kugelrund war und genau wie der Helm eine silberne Farbe hatte, sah es so aus, als wäre der Helm ein Teil seines Kopfes.

„Und? Was kommt heute rein?" fragte Tonino.

„Geheimnisvolle Sachen..." flüsterte Jonathan. Er lachte. „Scherz. Bisher noch nichts. Ich hab ihn grad erst aufgesetzt. Hatte ihn vergessen, als ich mich

---

[4] Ital.: „Hallo, Tonino!"

aufs Moos gelegt habe." Er blickte Tonino fragend an. „Was führt Dich zu mir, amore[5]?"

Tonino erzählte, worum es ging.

„Willi, sagst Du?" Jonathan überlegte. „Kenne ich ihn?"

„Das kann ich Dir nicht sagen!" antwortete Tonino. „Aber wenn Du schon fragst, dann wohl eher nicht. Er wohnt in den Großen Gärten."

„Ich hab' noch ein bisschen zu tun, mio Tonino[6]." entgegnete Jonathan. „Am besten kommst Du heute Nachmittag wieder. Klingt übrigens sehr spannend, was Du erzählt hast! Willi scheint ein Spitzentyp zu sein! Am Besten bringst Du ihn nachher gleich mit, dann lerne ich ihn kennen!" Er verschwand wieder in der Erde.

Währenddessen flog Willi durch die Großen Gärten. Er konnte es kaum erwarten, bis er endlich Tonino wiedersah. Hoffentlich verging die Zeit schnell!

„Willi!" rief es vor ihm. Nelli kam auf ihn zugeflogen.

„Oh, hi, Nelli!" rief Willi erfreut. „Stell Dir vor, ich habe Tonino getroffen!".

„Meinen Bruder?"

---

[5] ital.: Liebe; wird gerne zu Jemandem gesagt, den man gern hat

[6] ital.: mein Tonino

„Ja! Auf der Sonnenblume. Und jetzt schaut er sich für mich um! Ich glaube, er war beeindruckt von meinem Wunsch!"

„Du bist ja auch beeindruckend, Willi!"

„Tonino hat mir übrigens seine Geschichte erzählt und dass Eure Eltern ein ganz großes Herz haben!"

„O ja, das haben sie!" antwortete Nelli. „Sie haben ganz viele Adoptivkinder. Immer, wenn irgend Etwas passiert und ein Kind Hilfe braucht, sind sie da!"

„Das ist aber schön!" flüsterte Willi. „Es war übrigens lustig, als er sagte, dass er Dein Bruder ist!" fügte er hinzu,

„Gell? Ich find's so toll, wie groß und bunt meine Familie ist!" Nelli strahlte glücklich. „Und er wollte sich für Dich umsehen, sagst Du?"

Willi nickte.

„Würde mich nicht wundern, wenn er zu Jonathan geflogen ist." sagte sie.

„Jonathan?"

„O, der kann einfach Alles herstellen! Ein wahrer Alchemist!"[7]

„Ein - WAS?"

---

[7] Ein Alchemist ist Jemand, der oder die Alchemie betreibt, was bedeutet, Etwas grundlegend zu verändern und damit etwas Neues zu erschaffen.

Nelli erklärte es Willi. „Wann trefft Ihr Euch denn wieder?"

„Heute Nachmittag." antwortete Willi.

„Spannend!" rief Nelli. „Ich mag solche Abenteuer!"

„Ich auch!" sagte Willi. „Richtig doll sogar!"

„Na, dann bis später, Willi!" sagte Nelli. „Wir sehen uns!" Sie flog davon.

Die nächsten Stunden verbrachte Willi damit, Blumen zu besuchen. Davon gab es sehr viele in den Großen Gärten, was Willi äußerst glücklich machte!

Als es dann soweit war, flog er zur Sonnenblume. Er war aufgeregt. Ob Tonino etwas Passendes gefunden hatte? Und ob er tatsächlich bei Jonathan gewesen war und dieser ihm hatte helfen können? Er selber hatte ja absolut nichts gefunden, was auch nur ansatzweise als Vinylscheibe in Frage kam.

Die Sonnenblume freute sich, als sie ihn kommen sah. „Und? Hast Du was gefunden?"

Willi verneinte. Dann erzählte er ihr, dass er Nelli getroffen und diese ihm von Jonathan erzählt hatte.

„Nelli hat richtig von ihm geschwärmt." sagte er. „Jonathan muss wirklich ganz besonders sein!"

„O, das ist er auch!" sagte die Sonnenblume. „Wenn Du ihn noch nicht kennst, solltest Du ihn unbedingt mal besuchen!"

In diesem Moment kam Tonino auf sie zugeflogen, wieder in dem für ihn so typischen zielstrebigen Flugstil. Diesmal glaubte Willi, ein leises „Plock" bei der Landung zu hören.

„Hey!" rief Tonino fröhlich und strahlte Willi an.

„Lass mich raten!" sagte Willi. „Jonathan?"

„Woher weißt Du das?" Tonino war sichtlich überrascht.

Willi lachte. „Ich scheine der Einzige zu sein, der Jonathan bisher noch nicht kennt!"

„Jonathan ist DIE Anlaufstelle für Erfindungen aller Art!" sagte Tonino. „Er kann jede Erfindung zum Leben erwecken! Jede! Auch Eine, die jemand Anderes sich ausgedacht hat. Natürlich nur, wenn sie gut ist!" fügte er hinzu. „Weißt Du was, Willi? Er erwartet mich heute noch. Und er würde sich freuen, Dich kennenzulernen!"

Willi war begeistert.

„Na, dann mal los, Ihr Beiden!" rief die Sonnenblume lachend. „Und ich möchte Alles wissen, was Ihr bei Jonathan erlebt habt. Alles!"

„Geht klar!" rief Willi. „Bis später!"

Und weg waren die Beiden.

Wie Willi schnell klar wurde, hatte Tonino nicht nur beim Anflug einen zielstrebigen Flugstil. Tatsächlich hatte er alle Mühe, mit ihm mitzuhalten. Wie machte er das nur? Er war ein Marienkäfer!

„Da vorne ist es!" rief Tonino und hielt auf das kleine Wäldchen zu.

Ein wunderschönes Licht fiel durch das Blätterdach. Überall waren Lichtpunkte auf dem Boden zu sehen, und da ein leichter Wind wehte, sah es aus, als tanzten sie.

„Wie schön ist DAS denn?!" dachte Willi.

„Da unten ist es!" rief Tonino und flog auf den Baumstumpf mit dem Mooshügel zu.

Willi sah die Kuhle im Moos. Es sah so aus, als hätte dort vor Kurzem noch Jemand gelegen.

„Jonathan..." sagte Tonino, der Willis Blick gefolgt war. „Sein Spezialplatz."

Um den Baumstumpf herum sah Willi jede Menge Buschwindröschen. Ihm kam es so vor, als winkten sie ihnen zu. Wo waren sie hier? In einem Zauberwald?

Sie landeten neben dem Fliegenpilz.

Tonino beugte sich vor. „Jonathan?" rief er in die Erde. „Ich bin's, Tonino! Willi ist auch hier!"

Es raschelte und gleich darauf kam Jonathan zum Vorschein.

„Hallo, Ihr Beiden!" rief er fröhlich. „Wie schön, dass Ihr da seid!" Er strahlte Willi an. „Du bist also Willi! Ich freue mich, Dich kennenzulernen!"

„Ich auch!" rief Willi. „Ich freu' mich sowas von hier zu sein!"

„Na, dann mal rein in meine Zauberwelt!" sagte Jonathan. „Und keine Sorge wegen Erde und Flügel und so! Das hier ist mein Besuchertunnel, da kommt Ihr sicher rein und raus." Er verschwand in der Erde.

„Auf geht's!" rief Tonino lachend. „Hinterher!"

Für Willi war es nicht das erste Mal, dass er in die Erde krabbelte.[8] So ein Tunnel war jedoch neu für ihn, und er war klasse: groß und rund und ringsherum war die Erde festgeklopft. Als Willi sie berührte, fühlte sie sich kein bisschen bröckelig an, sondern im Gegenteil fest und glatt. Tonino und er konnten tatsächlich mühelos hindurchgehen.

Sie erreichten Jonathans Höhle.

---

[8] Siehe: „Willi Hummel und der Maulwurf"

„Wooooow!" flüsterte Willi. Er hatte gedacht, die Höhle sähe so ähnlich aus wie die Werkstatt von Hub[9]. Aber dem war nicht so! Dieser Raum war viel viel größer und kugelrund!

„DAS ist aber schön hier!" flüsterte er.

„Grazie[10]!" entgegnete Jonathan. „Freut mich, dass es Dir gefällt! Und Du möchtest also scratchen?!"

Willi nickte aufgeregt. „Unbedingt!"

„Na, dann will ich Dir mal Etwas zeigen!" Jonathan ging zu dem großen, ebenfalls runden Tisch, der in der Mitte der Höhle stand. „Komm mal her, mein Junge!" Er winkte Willi zu sich.

Jonathan reichte Willi Etwas, das rund und flach war und in der Mitte ein kleines Loch hatte. Es erinnerte Willi an die Vinylscheibe, die er bei der jungen Frau gesehen hatte, es war nur kleiner und nicht schwarz, sondern grün.

„Damit kannst Du scratchen!" sagte Jonathan.

Willi schaute ihn mit großen Augen an.

„Gefällt sie Dir? Ich hab' übrigens noch Etwas für Dich!" Jonathan griff nach einem kleinen Kasten.

„Das hier…" sagte er lächelnd. „…ist eins meiner Meisterstücke! Mach mal auf!"

---

[9] Siehe: „Willi Hummel auf dem Mond" (Teil 1 & 2)

[10] ital.: „Danke!"

Vorsichtig öffnete Willi das Kästchen. Etwas Flaches, Rundes mit einem Stäbchen in der Mitte kam zum Vorschein. „Was…ist das?" flüsterte er.

„Darauf legst Du die grüne Scheibe!" antwortete Jonathan. „Wenn Du dann hieran drehst…" Er zeigte auf einen Knopf an der Seite des Kastens. „…dann dreht sich die Scheibe. Leg sie mal drauf!" Er nickte Willi aufmunternd zu.

Als Willi am Knopf drehte und die grüne Scheibe sich wie von Zauberhand zu drehen begann, war er hin und weg!

„Mit dem Knopf an der Seite hast Du Etwas, dass die Menschen so nicht haben." sagte Jonathan. „Du kannst damit nämlich auch während des Scratchens das Tempo verändern, langsamer oder auch schneller. Dadurch kannst Du das Scratchen noch einmal extra variieren, wenn Du möchtest. Ist eine Option."

„Option?"

„Möglichkeit." antwortete Tonino. „Eine Option bedeutet, Du kannst wählen."

„Was Du Alles weißt…" Willi war beeindruckt.

„Jetzt weißt Du es ja auch!" entgegnete Tonino lachend.

Jonathan zeigte auf etwas Langes, Dünnes an der linken Oberkante des Kastens.

„Ein Tonarm!" rief Tonino begeistert. „Wie cool ist DAS denn?!"

„Ein Tonarm?" Willi sah ihn fragend an.

„Den setzt Du auf die Scheibe." antwortete Tonino. „Da ist unten eine Art Nadel dran, jedenfalls bei den Menschen. Erst dadurch ist es möglich, dass die Musik aus der Scheibe kommen kann." Er schaute zu Jonathan. „Ist das hier auch so?"

„Fast!" antwortete Jonathan. „Bei den Menschen sind noch sogenannte Lautsprecher nötig, aus denen die Musik am Ende kommt. Ich habe das Ganze anders gelöst!" Er grinste. „Verrate ich aber nicht! Erfindergeheimnis!"

„Wie cool!" flüsterte Tonino.

„Heb' den Tonarm mal hoch und setz' ihn vorsichtig auf die Scheibe!" sagte Jonathan zu Willi. „Am Besten vorne anfassen."

Plötzlich erinnerte sich Willi, dass er bei der jungen Frau so etwas Ähnliches gesehen hatte: eine Art Stab über der sich drehenden Vinylscheibe, der mit der Scheibe auf geheimnisvolle Weise in Verbindung gewesen zu sein schien. Er hatte sich nicht erklären können, was das war. Jetzt wusste er es! Er war begeistert!

„Jetzt fehlt nur noch die Musik!" sagte Jonathan. „Und dann kannst Du scratchen!"

Erst jetzt bemerkte Willi, dass die Scheibe sich drehte, ohne dass Musik zu hören war. Überhaupt hatte er noch gar nicht daran gedacht, woher die Musik eigentlich kam. Genauer gesagt: Wie es möglich war, dass aus der Scheibe Musik kam!

„Äh…wie kommt die Musik da eigentlich rein? In die Scheibe, meine ich?" Er schaute Jonathan fragend an.

„Und damit sind wir beim eigentlichen Zauber!" antwortete Jonathan lachend.

„Zauber?" Willi liebte dieses Wort. Und wenn er so darüber nachdachte, dann war es wirklich wie ein Zauber, dass, wenn die Menschen eine Vinylscheibe auf einem entsprechenden Apparat drehten, Musik zu hören war.

„Wie die Menschen das genau machen, weiß ich nicht." sagte Jonathan, als hätte er die Frage in Willis Kopf gesehen. „Vermutlich anders als ich!" Er lachte wieder. „Aber ich…ich weiß, wie man es auch machen kann!" Er strahlte.

„Echt???" Willis Herz begann plötzlich schneller zu schlagen.

„Dafür müssen wir rausgehen." sagte Jonathan. „Ich nehme meinen Helm mit und Du die grüne Scheibe."

Draußen angekommen, zeigte Jonathan auf das Moos oben auf dem Baumstumpf. „Ich setze mich da jetzt hin." sagte er und zeigte auf die Mulde. Dann bat er Willi, ihm die grüne Scheibe zu geben, kletterte hinauf und schloss die Augen.

„Jetzt dürfen wir ihn nicht mehr stören." flüsterte Tonino.

Fasziniert schaute Willi Jonathan an. Dieser saß reglos da und hielt die grüne Scheibe waagerecht vor sich hin. Für Willi sah es so aus, als hörte Jonathan Etwas. Konnte er Musik empfangen? Einfach so aus dem Nichts? Mit Hilfe seines Helmes?

„Vielleicht ist da ja gar nicht nichts!" schoss es ihm durch den Kopf.

Plötzlich sprang Jonathan auf. „Yeaaaah!" rief er und warf die grüne Scheibe in die Luft. Dann fing er sie wieder auf, drehte sich zu Willi, hielt sie ihm mit einem strahlenden Lächeln hin und rief: „Fertig! Ich hoffe, Dir gefällt die Musik!"

Willi schaute die grüne Scheibe mit großen Augen an. Für ihn sah sie noch immer so aus wie vorher, und sie fühlte sich auch noch genauso an. Und doch war sie jetzt voller Musik!

„Ich höre die Musik sozusagen vom Himmel fallen." sagte Jonathan. „Mein Helm empfängt sie und schickt sie durch mich hindurch in die Scheibe."

„Wooooow!" flüsterte Willi. Sein Blick ging zwischen Helm und Scheibe hin und her. „Wie toll ist DAS denn?!" Überglücklich drückte er die Scheibe an sich. „Jetzt habe ich eine eigene Vinylscheibe!" flüsterte er. „Voller Musik!"

„Wir können sie doch gleich mal ausprobieren!" rief Tonino.

„Buona idea!"[11] entgegnete Jonathan lachend und sprang vom Baumstumpf herunter. „Wenn Ihr mir wieder folgen wollt?"

In der Höhle angekommen legte Willi die Scheibe auf den vorgesehenen Platz im Kasten. Dann drehte er am Knopf, griff nach dem Tonarm und setzte ihn vorsichtig auf die Scheibe.

Augenblicklich erfüllte Musik die ganze Höhle! Sie war so wunderschön, dass Willi Gänsehaut bekam! Wie hatte Jonathan das bloß gemacht?

---

[11] italienisch: „Gute Idee!"

Willi begann, sich zur Musik zu bewegen. Im nächsten Moment hörte er eine Stimme in seinem Kopf, die ihm zuflüsterte: „Leg los, Kumpel!"

Willi schloss die Augen. Dann atmete er tief durch - und begann. Er ließ sich einfach von der Musik mitnehmen. Er musste überhaupt nichts tun! Es ging wie von allein. Es war, als hätte er nie etwas Anderes gemacht!

Als er die Augen wieder öffnete, sah er in die begeisterten Gesichter von Jonathan und Tonino. „Wooohooo!"[12] rief er daraufhin und legte noch einen Zahn zu.

„Williiii!" riefen Beide begeistert und begannen, durch die Werkstatt zu tanzen.

Willi fühlte, wie die Musik ihn durch Raum und Zeit trug! Es war, als schwebte, tanzte, drehte und flöge er - alles gleichzeitig! Eine Wolke aus Glückseligkeit umhüllte ihn! Er spürte eine tiefe Dankbarkeit! Sein Traum vom Scratchen war in Erfüllung gegangen! Und es war wunderschön!

„Juuu-huuuuu!" rief er, ließ die Vinylscheibe kurz los, machte eine Pirouette und spielte weiter.

„Willi! Willi! Willi!" riefen Jonathan und Tonino, so laut, dass es von den Wänden widerhallte!

---

[12] sprich: „Wuuhuuu!"

Willi gab Alles! Als die Nadel schließlich die Mitte der Scheibe erreichte und die Musik zum Ende kam, war er SO glücklich, dass es sich anfühlte, als passte soviel Glückseligkeit gar nicht in seinem kleinen Hummelkörper!

„Das war fantastisch!" rief Jonathan. „Einfach wunderbar!"

„Und es hat ganz viel Spaß gemacht, Dir zuzuhören!" rief Tonino begeistert. „Willi, Du bist echt der geborenen DJ!"

Willi strahlte.

„Dann kann Dein Konzert ja steigen." sagte Jonathan. „Hast Du schon eine Idee, wo Du es machen willst?"

„Nee, noch nicht!" antwortete Willi.

„Du wirst es bestimmt bald wissen!" entgegnete Jonathan. „Jetzt zeige ich Dir erstmal, wie Du das Ganze mitnehmen kannst. Es ist ganz einfach und lässt sich wunderbar tragen! Ein paar Handgriffe, und Alles ist verstaut!"

Als Willi den Kasten hoch hob, fühlte sich dieser zu seiner Überraschung ganz leicht an.

Als Jonathan Willis überraschtes Gesicht sah, schmunzelte er zufrieden. „Gell? Das habe ich natürlich extra so gemacht. Sobald Du den Kasten hoch hebst, schaltet er in den Flugmodus. Das bedeutet, dass er so gut wie gar nichts mehr wiegt. So kannst Du uneingeschränkt fliegen! Wenn Du den Kasten dann wieder abstellst, wechselt er in den Standmodus. Das bedeutet, dass er wieder sein natürliches Gewicht hat. Schließlich soll er ja da bleiben, wo Du ihn hingestellt hast und nicht umkippen oder weggepustet werden. Konzertmodus wäre auch eine schöne Bezeichnung, kommt mir gerade so!"

„Wie genial ist DAS denn?!" rief Willi. „Du bist wirklich sen-sa-tio-nell, Jonathan!"

„Grazie[13]!" Jonathan strahlte. Solche Erfindungen machten ihm besonders viel Spaß! „Dann haben wir's, gell? Ich gehe dann mal wieder voran, damit Ihr Beiden unbeschadet an die Oberfläche kommt! Nicht, dass ich Euch loswerden will..." fügte er lachend hinzu.

„Schon klar!" entgegnete Tonino grinsend.

Als sie oben ankamen, freute sich Willi, wieder draußen zu sein und frische Luft zu atmen. Obwohl er sich richtig wohl in Jonathans Werkstatt gefühlt hatte, und nicht einen Moment daran gedacht hatte,

---

[13] ital.: „Danke!"

dass er unter der Erde war! Eigentlich erstaunlich für eine Hummel!

Jonathan drehte sich zu ihm. „Sagst Du mir bitte Bescheid, wenn es soweit ist? Ich meine, wann Dein Konzert stattfindet und natürlich auch wo! Ich möchte unbedingt dabei sein!"

Hatte Willi ursprünglich gedacht, er müsse erst eine Weile üben und sich mit all dem Material vertraut machen, so hatte das Erlebnis in der Werkstatt ihm gezeigt, dass nichts dergleichen nötig war. Und so hörte er sich ganz mutig sagen: „Morgen Abend! Wenn die Sonne untergeht. Den Ort gebe ich noch bekannt."

Tonino schaute ihn mit großen Augen an. „Cool, Kumpel! Ich bin auf jeden Fall dabei!"

„Dann sag' ich mal: a domani! Bis morgen! Ich freue mich!" Jonathan verschwand in der Erde.

„Ich mach mich dann auch mal auf den Weg." sagte Tonino. „Ich muss noch woanders hin. Findest Du alleine zurück?"

Willi nickte.

„Dann bis morgen Abend!" sagte Tonino, und weg war er.

Willi drückte den Kasten ganz fest an sich. „Morgen Abend…" flüsterte er. Er hob ab. Der Kasten hatte wirklich überhaupt kein Gewicht und ließ sich mühelos transportieren!

„Danke Jonathan!" flüsterte er. „Du bist wirklich einmalig!"

Als er einige Zeit später bei der Sonnenblume ankam, wollte diese Alles ganz genau wissen. Als Willi am Ende verkündete, dass er vorhatte, schon am nächsten Tag das Konzert zu geben und überlegen würde, wo der beste Platz dafür sei, sagte sie: „Bei mir!" Als Willi sie überrascht ansah, fügte sie hinzu: „Schau Dir meine Blüten mal genau an: Sie sind ideal dafür! Sie sind ganz flach und damit eine ideale Konzertbühne!"

„Wo Du Recht hast, hast Du Recht!" antwortete Willi. Die Vorstellung gefiel ihm, sie gefiel ihm sogar sehr! „Und morgen Abend ist noch frei bei Dir?" Er lachte.

„Du hast Glück!" entgegnete die Sonnenblume und lachte ebenfalls. „Deinem Konzert steht demnach nichts mehr im Weg!"

„Soll ich Dir mal zeigen, was in dem Kasten ist?" fragte Willi.

„Aber unbedingt!" antwortete die Sonnenblume. „Jetzt habe ich so viel davon gehört, jetzt möchte ich es auch sehen!"

Willi öffnete den Kasten. Sein Herz klopfte schneller! Wie aufregend es war! Doch dann runzelte er verwundert die Stirn. Hatte er den falschen Kasten mitgenommen? Hatte Jonathan ihn aus Versehen vertauscht?

„Was ist?" Die Sonnenblume schaute Willi fragend an.

Willi wollte gerade antworten, als er erkannte, was da Unerwartetes im Kasten lag. „Kopfhörer!" flüsterte er. „Jonathan hat mir Kopfhörer gemacht!" Er nahm sie heraus.

„Jonathan liebt Überraschungen!" sagte die Sonnenblume lachend. „Das weiß ich!"

„DIE Überraschung ist ihm gelungen!" entgegnete Willi. „Kopfhörer! Wie toll ist DAS denn?! Ich hänge sie mir mal um den Hals. Das macht man so beim Scratchen!"

Dann erklärte er der Sonnenblume Alles. „Spielen tue ich aber erst morgen." sagte er. „Sonst ist es ja keine Überraschung mehr!"

Das verstand die Sonnenblume. „Ich bin schon so gespannt, Willi! Ich freue mich riesig auf Dein Konzert!"

„Ich auch!" sagte Willi. „Danke, dass ich hier spielen darf! Es ist ein toller Platz dafür!"

„Es ist mir eine Ehre, Willi!" entgegnete die Sonnenblume. „Oder soll ich besser sagen: DJ Willi Hummel?"

Willi strahlte. „Au ja! DAS klingt schön!" Er klappte den Kasten zu. „Dann bis morgen! Kurz vor Sonnenuntergang!"

„Bis morgen!" sagte die Sonnenblume. „Ich bin da!" Willi winkte ihr zu und flog davon.

Plötzlich hatte er Lust, sich ein wenig auszuruhen. Er hielt Ausschau nach einem ruhigen Plätzchen, an dem er für eine Weile ungestört sein konnte.

Er fand ihn inmitten eines großen Himbeerbusches, der lauter kleine weiße Blüten trug. O, wie sehr er die Himbeerblüten liebte! Der Himbeerbusch war einverstanden, und so machte er es sich gemütlich.

„Morgen Abend ist es also so weit." dachte er. „Ich gebe mein erstes Konzert als DJ". DJ Willi Hummel hatte die Sonnenblume gesagt, und es hatte toll geklungen!

Ursprünglich hatte er gedacht, es würde bestimmt eine Weile dauern, bis er Alles zusammen hatte, was er für's Scratchen brauchte. Das ganze Equipment, das nötig war, damit es auch gut klang! Und dann hatte Jonathan es binnen kurzer Zeit fertig! Alles! Sogar Kopfhörer! Er war wirklich ein Zauberer! Wie machte er das bloß, dass genau die Musik in die Scheibe kam, die er zum Scratchen brauchte?

Wie die Anderen die Musik wohl finden würden? Vielleicht war er ja der einzige Fan von Scratchen? Nachher kam niemand zu seinem Konzert! Oder schlimmer noch, Alle gingen, sobald er anfing. Sollte er vielleicht umherfliegen und es Allen erzählen? „Lieber nicht!" dachte er. Er wollte Musik machen, weil er Musik machen wollte. Es ging nicht darum, ob Andere ihn hörten. Vermutlich war es sowieso so laut, dass sich das gar nicht vermeiden ließ. Und es ging auch nicht darum, ob die Anderen seine Musik mochten.

„Ich will einfach nur spielen!" dachte er. „Scratchen und Spaß dabei haben! Ja, DAS möchte ich! Darauf freue ich mich unbändig!"

Er lächelte.

Im nächsten Moment war er eingeschlafen....

....Er träumte von seinem Konzert: Den geöffneten Kasten vor sich, die Kopfhörer um den Hals gehängt, stand er mitten auf der Sonnenblumenblüte und scrachte. Der Mond schien hell und tauchte Alles in ein wundervolles Licht, und am Himmel funkelten jede Menge Sterne. Er konnte sehen, wie die Musik in den Nachthimmel aufstieg, und gleichzeitig breitete sie sich in den gesamten Großen Gärten aus. Es war ein wunderschöner Anblick!

Überall sah er Tiere, selbst auf dem Moos, auf den Wurzeln und den Grashalmen. Ihm kam es so vor, als wären sämtliche Bewohner der Großen Gärten gekommen! Alle hörten ihm fasziniert zu, genauso wie alle Pflanzen. Es war ein phantastischer Anblick! Er schloss die Augen.

Dann begann er, sich zur Musik zu bewegen. Gleich darauf begann er zu singen! Im selben Augenblick flog eine Sternschnuppe über ihn hinweg. Ein „Aaaah!" ging durch die Menge! Es klang wie ein wunderbares Rauschen.

Sein Gesang legte sich auf die Musik und flog mit ihr durch die Nacht. Die Zuschauer sahen ihn wie verzaubert an. Es war, als ob die Musik Alle miteinander verband: die Tiere, die Pflanzen, den Himmel, das Mondlicht, die Sterne, einfach Alles!

Für Willi fühlte es sich wie ein einziges großes Lächeln an!

Irgendwann kam die Musik zu ihrem Ende. Sein Gesang ging in ein Summen über, und das Scratchen wurde ruhiger, bis schließlich nur noch Stille übrig blieb. Es war eine Stille, in der auf wundersame Weise Alles da war. Willi spürte es im ganzen Körper! Ein tiefer Frieden erfüllte ihn. Er lächelte....

Als er die Augen wieder öffnete, wusste er zuerst nicht, wo er war. Die Sonne schien und die Vögel zwitscherten. Hatte er die ganze Nacht nach dem Konzert durchgeschlafen? Verwundert bemerkte er, dass er den Kasten fest an sich gedrückt hielt. Wann hatte er zusammen gepackt und war davon geflogen? Er konnte sich nicht daran erinnern.

„Ob Nelli auch beim Konzert gewesen ist?" dachte er. „Ich hab' sie gar nicht gesehen! Wo sie wohl gesessen hat?"

Er beschloss, sich auf den Weg zu machen und Nelli zu suchen. Er war zu und zu neugierig! Er fragte die Himbeere, ob er den Kasten so lange bei ihr lassen könne, und flog los.

Er hatte Glück! Schon nach kurzer Zeit sah er Nelli auf einer Birke sitzen.

„Nelli!" rief er und flog auf sie zu. „Ich muss unbedingt wissen, wie Du das Konzert fandest!"

„Das Konzert?" Nelli sah ihn überrascht an. „Du hast das Konzert schon gespielt?"

Willi runzelte die Stirn.

„O, schade!" sagte Nelli. „Das hätte ich so gerne gehört! Aber Du spielst morgen Abend ja noch mal! Das hattest Du jedenfalls gesagt!"

Willi wusste nicht genau, was da gerade vor sich ging. Wie, morgen Abend? Hatte er vorgehabt, zwei Konzerte zu geben?

„Äh..." begann er. „Wieso morgen Abend?"

Nelli schaute ihn durchdringend an. „Alles in Ordnung mit Dir, Willi?"

„Um ehrlich zu sein...ich bin mir da grad nicht so sicher..." antwortete Willi.

Tonino flog über sie hinweg. Wie immer war er ziemlich zielstrebig unterwegs. „Bis morgen Abend, Willi!" rief er. „Ich freu mich schon auf Dein..." Und weg war er.

„Wieso geht Ihr Alle davon aus, dass ich morgen Abend nochmal spiele?" entfuhr es Willi. Es klang ärgerlicher, als es gemeint war.

Nelli schaute ihn fragend an. Irgend Etwas stimmte hier nicht.

Willi seufzte. „Gestern Abend war es sooo schön! Es war…wie ein wahr gewordener Traum!"

„Sprichst Du vom Konzert?"

Willi nickte.

„Gestern?" Nelli kratzte sich am Kopf. „Wo hast Du denn gespielt?"

„Na hier, in den Großen Gärten!" rief Willi. „Auf der großen Blüte der Sonnenblume!"

„Äh…Gestern war hier kein Konzert!" sagte Nelli. „Gestern hattest Du noch gar nicht Dein Equipment! Das hat Jonathan Dir doch erst heute gegeben! Willi, kann es sein, dass Du das geträumt hast?"

Willi schaute sie mit großen Augen an. „Ich glaube, Du hast Recht, Nelli!" flüsterte er. „Ich bin vorhin im Himbeerbusch eingeschlafen, und wie es aussieht, habe ich vom Konzert geträumt!"

Nelli lachte. „Siehst ganz so aus!"

„Dann habe ich ja noch gar nicht gespielt!" Augenblicklich begann Willis Herz schneller zu klopfen. „Es hat sich Alles so echt angefühlt! Und es war sooo schön!"

„Und Du spielst auf einer der Sonnenblumenblüten?"

Willi nickte. „Es war ihre Idee, und ich finde sie super! Die Blüten sind ganz flach, und es ist genügend Platz für mich und mein Equipment! Eine ideale Bühne!"

Nelli schmunzelte. Es klang so schön, wie Willi „Equipment" sagte! Sie konnte die Begeisterung darin hören und die Freude darüber, dass sein Traum wahr wurde!

„Eine Sonnenblumenblüte ist ein toller Platz!" sagte sie. „Da bist Du mit Sicherheit richtig gut zu hören! Torben würde sagen, die Akustik dort ist top! Und außerdem kann man Dich super sehen!"

„Akustik!" flüsterte Willi. Wieder so ein schönes Wort! Es gefiel ihm genauso gut wie „Equipment"! Was für tolle, neue Wörter er entdeckte, wenn er Abenteuer erlebte!

„Akustik gefällt mir!" sagte er.

„Es gibt schon schöne Wörter, nicht wahr?" entgegnete Nelli lächelnd „Trotzdem will ich mal weiter. Bis morgen Abend, Willi! Ich werde da sein!" Und weg war sie.

Den nächsten Tag über traf Willi jede Menge Bewohner der Großen Gärten, die Alle davon gehört hatten, dass er ein Konzert geben würde.

„Bist Du schon aufgeregt?" fragte Graziella, die Kreuzspinne[14].

Auch Knut, der Igel, fragte ihn danach.

Und Emily, das kleine Zaunkönigmädchen, sagte, dass sie das nie und nimmer könnte, vor so Vielen Musik zu machen, und dabei schaute sie Willi ganz bewundernd an.

Als es dann Zeit wurde, holte Willi den Kasten, bedankte sich bei der Himbeere für's Aufbewahren und flog zur Sonnenblume.

Er staunte nicht schlecht, als er dort ankam: Überall um die Sonnenblume herum saßen Tiere, auf den Blumen und Bäumen und Büschen, auf dem Moos, den Wurzeln und dem Gras. Einfach überall! Und Alle schauten sie zur Sonnenblume.

Willi schluckte. Auf einmal fühlte es sich doch ziemlich aufregend an, hier zu sein, mehr, als er gedacht hatte. Und dabei hatte er noch nicht einmal angefangen!

„Sie werden es lieben!" sagte die Sonnenblume, die Willis Aufregung spürte. „Glaub' mir: Es wird toll werden!"

Willi erzählte ihr von seinem Traum.

---

14 Siehe: „Willi Hummel und das Croissant"

„Schöööön!" flüsterte die Sonnenblume. „Ich bin mir sicher, genau SO wird es werden!"

Willi sah sich um. Die Großen Gärten waren in ein wundervolles Licht getaucht! Der Mond war schon deutlich zu sehen, und jede Menge Sterne funkelten am Himmel.

Er atmete tief durch.

Dann öffnete er den Kasten. Er nahm die Kopfhörer heraus und hängte sie sich um. Jetzt war es also soweit: Er würde ein Konzert geben. Er atmete ein weiteres Mal tief durch und schloss für einen Moment die Augen.

Als er die Augen wieder öffnete, lächelte er. „Es kann losgehen!" flüsterte er.

Und dann begann er zu scratchen. Es war, als hätte er nie etwas Anderes gemacht! Er konnte sehen, wie die Musik sich überall hin verströmte! Gleichzeitig stieg sie in den Abendhimmel auf.

„Wooow!" flüsterte er selig.

Er schloss ein weiteres Mal die Augen und ließ sich von der Musik mitnehmen. Er genoss jeden einzelnen Augenblick, jeden Ton und jede Bewegung!

Und dann begann er zu singen. Sein Gesang legte sich auf die Musik und flog mit ihr durch die Nacht. Es klang wunderschön!

Wie verzaubert schauten die Zuhörer ihn an.

Als dann auch noch eine Sternschnuppe über den Himmel flog, genau über Willi, ging ein „Aaaaah!" durch die Menge. Es klang wie ein zärtliches Rauschen.

Willi spielte und spielte. Es gab weder Raum noch Zeit für ihn.

Irgendwann jedoch kam die Musik zu ihrem Ende. Willis Gesang ging in ein Summen über, und das Scratchen wurde ruhiger, bis schließlich nur noch Stille übrig blieb. Willi spürte sie im ganzen Körper! Es war eine Stille, in der Alles da war. Wie ein einziges großes Lächeln fühlte es sich an. Ein Lächeln, das Alle miteinander verband!

Ein tiefer Frieden erfüllte ihn.

Es war wie in seinem Traum, nur, dass es diesmal Wirklichkeit war! Er hatte Alles wirklich erlebt! Tiefe Dankbarkeit erfüllte ihn und ein Gefühl von Glückseligkeit!

Er öffnete die Augen.

Im nächsten Augenblick ging es los: „Williii!" rief es von überall her. Alle klatschten und jubelten ihm zu. Der Applaus schien kein Ende nehmen zu wollen. „Willi! Willi! Willi!" hörte er von überall her.

„Träume ich vielleicht doch noch?" dachte er. Er pikste sich vorsichtig in den Po. Nein, er träumte eindeutig nicht mehr (denn es hatte ein bißchen weh getan)!

„Juhuuuuu!" rief er und fing an zu tanzen. Er hielt es einfach nicht mehr aus vor Freude! Er war so so so glücklich!

„Danke!" rief er immer wieder. „Danke! Danke! Danke!"

Irgendwann wurde es ruhiger. Eine ganz besondere Atmosphäre breitete sich in den Großen Gärten aus. Es schien, als ob ein Zauber auf Allem lag, ein Zauber, der Alle tief berührte.

Und wie es bei Willi oft so ist, passieren immer noch mehr wundervolle Dinge: Und so flog genau in diesem Moment eine weitere Sternschnuppe über den Himmel. Diesmal sah auch Willi sie.

„Das war wirklich wun-der-schön!" sagte die Sonnenblume. „Du hast uns Allen ein großes Geschenk gemacht! Danke dafür!"

Willi bekam Gänsehaut. Da hatte er sich einen Traum erfüllt - und die Anderen waren glücklich! Wie faszinierend war DAS bitte?!

„Danke, dass ich hier auf Deiner Blüte spielen durfte!" sagte er. Er nahm die Kopfhörer ab und legte sie in den Kasten.

„So gerne, Willi!" sagte die Sonnenblume. „Es war mir eine Ehre und eine sehr große Freude!"

Willi hätte sie am liebsten geküsst.

„Und wenn Du nochmal spielen willst, dann sag' einfach Bescheid!" fügte die Sonnenblume hinzu.

Jetzt küsste Willi sie, genau in die Mitte der Blüte.

„O, schön!" flüsterte die Sonnenblume. „Du hast mich heute schon so oft geküsst, weißt Du das? Mit Deinen Füßen, mit Deinem Gesang, mit Deiner Musik, mit Deiner Freude und mit Deinem Glücklichsein! Du hast mich sehr reich beschenkt, Willi, und sehr sehr glücklich gemacht!"

Es wurde langsam leerer um sie herum.

Willi nahm den Kasten.

„Schlaf gut!" sagte die Sonnenblume leise. „Und träum' was ganz Schönes!"

„Du auch!" flüsterte Willi. „Etwas ganz, ganz Schönes!"

Er lächelte.

Dann flog er davon.

Am nächsten Tag gab es nur ein Gesprächsthema in den Großen Gärten: Willis Konzert. Wohin er auch kam, Jede und Jeder sprach ihn darauf an, und die Begeisterung war bei Allen deutlich zu spüren. Für Willi war schnell klar: Das war nicht sein letztes Konzert gewesen!

Und so flog er an diesem Tag durch die Großen Gärten, glücklich über das, was gewesen war und voller Vorfreude auf das, was noch kommen würde!

Ende

Danksagung

Ich danke von ganzem Herzen der Niederländischen Bahn (de Nederlandse Spoorwegen) für das Zurückbringen meines Rucksackes, den ich in einem ihrer Züge liegen gelassen hatte. Im Rucksack waren u.A. sieben handgeschriebene Manuskripte, an denen ich noch geschrieben habe. Auch diese Geschichte, „DJ Willi Hummel", war dabei. In weniger als zwei Stunden hatte ich den Rucksack wieder. Mann, was war ich erleichtert und glücklich!

Ich danke ebenfalls von ganzem Herzen meinem Mann Niels, der telefonisch und im persönlichen Kontakt alles gegeben hat, damit ich den Rucksack wiederbekomme! Mein Schatz, Du bist mein Held! (Wir waren auf dem Rückweg von der Beerdigung seiner Mutter. Durch die Aktion konnten wir erst den übernächsten Zug von Amersfoort nach Osnabrück nehmen und mussten vier Stunden überbrücken. Es war saukalt. Wir haben uns viel bewegt, Pommes gegessen, aber dennoch zog die Kälte langsam aber sicher durch.)

Und ich danke Willi! Er fliegt und fliegt und fliegt und erlebt die schönsten Abenteuer! Danke, dass es Dich gibt, kleiner großer Willi Hummel!

Es gibt übrigens noch jede Menge andere Abenteuer, die die kleine große Hummel erlebt:

Willi Hummel
Willi Hummel und das Croissant
Willi Hummel und der Maulwurf
Willi Hummel und der Regenwurm Pim
Willi Hummel hört die Flöhe husten
Willi Hummel und Gott
Willi Hummel auf dem Mond
Willi Hummel und die sprechende Flechte
Willi Hummel und der fliegende Maulwurf

Und da Willi ja gerne reist, gibt es auch noch die Reihe:

Willi, die Europahummel
Bd. 1: Willi Hummel in Frankreich
Bd. 2: Willi Hummel in Holland.

⋮
⋮
⋮

Und dann gibt es auch noch andere richtig schöne Geschichten, nämlich diese Märchen: